Marlene v. Reichenbach * Das Glück ...

Marlene v. Reichenbach * Das Glück ...

Marlene v. Reichenbach

# Das Glück

## ... es muss gebeten sein

Gedichte

ProLitera Verlag

Die Deutsche Bibliothek - CIP-Einheitsaufnahme
Ein Titeldatensatz für diese Publikation ist bei
Der Deutschen Bibliothek erhältlich (http://www.ddb.de).



Lektorat: Friederike M. Schmitz
Satz und Layout: Barbara Schmitt-Honold, Karlsruhe

Umschlagillustration: Collage von Brigitte Arenhold Porter
Umschlaggestaltung: Pallium GmbH, Weiterstadt

Herstellung: Books on Demand GmbH, Norderstedt

ISBN 3-8330-0117-8

*Für manches gute und aufbauende Gespräch mit Dir und Euch bedanke ich mich von Herzen:*

*Dr. Ina und Prof. Dr. Hermann Baumgärtel, Ingrid und Manfred Brandt, Else-Marie und Tedel Breuer, Helene Breuer, Bruni Brinkmann, Isolde Büscher, Ursel und Eduard Dette, Anne Edeling-Unger, Dagmar Eberhardt, Soli Ehrentraut, Elisabeth und Dr. Hans Fleisch, Roswitha und Torsten Feise, Marlies und Henning Fleißig, Charlotte Gabler, Dr. Ute Gieczynski-Bocandé, Ilse und Jochen Gottwald mit Ulli und Christine, Anne und Berthold Gottwald, Inga Gieselmann, Rosemarie Griebel-Kruip, Burkhard und Irmgard Gums, Marlene Haacks, Elisabeth und Hans-Dieter Harting, Eva Hämmerich, Ruth und Hans-Georg Käberich, Doris und Dieter Kalbitzer, Lotte und Guntram Karlbauer, Ilona und Achim Klang mit Lisa und Annie, Herma und Günter Knapke, Ruth Kositzki, Vera und Hans Kummerfeldt, Ursula v. Ilten, Tarja und Heinz Lerch, Karin Lundholm, Gertrud und Gerhard Metzlaff, Ursel und Klaus-Hinrich Meyer-Bothling, Ingeborg Kiehne-Mörs mit Charlotte Mörs, Dr. Wiltrud Nebes, Erika und Herbert Osburg, Alice und Jochen Pfantsch, Esther Peter, Rotraud und Wolfgang Poppe, Marlis und Gerd Regel, Dr. Christine Renz-Kreikebohm, Christian Röver, Charlotte Schmidt-Ballke mit Jochen Schmidt, Grete Schulz, Ursula und Karin Seidel, Hannelore und Rudolf Sparber mit Ricarda, Helga und Karl-Wilhelm Sührig, Renate und Gernot Unbescheidt mit Judith, Esther Maria und Benno Volkens, Uschi und Fritz Weber, Gisela und Jürgen Werner, Irmgard und Volkmar Wetzel, Myong Hee und Manfred Winkler.*

*Dank auch an Friederike M. Schmitz für die große Sorgfalt, mit der sie die Entstehung dieses Büchleins begleitet hat, und an meine einzige, liebe Schwester, Brigitte Arenhold Porter – nicht nur für die Collage, die sie für die Umschlaggestaltung geschaffen hat!*

# Inhalt

Du möchtest keinen Menschen sehn . . . . . . . . . 7
Loslassen können . . . . . . . . . . . . . . . . . . . . 8
Ganz sicher habt Ihr es gespürt . . . . . . . . . . . . 9
Erkalten . . . . . . . . . . . . . . . . . . . . . . . . . 10
Die Stimmung bestimmst Du allein . . . . . . . . . 11
Abschalten . . . . . . . . . . . . . . . . . . . . . . . 12
Wir leben in Frieden . . . . . . . . . . . . . . . . . 13
Vorzeitig kommt der Gruß ins Haus . . . . . . . . 14
Die Sonne scheint nicht immer . . . . . . . . . . . . 15
Wer aus Begabung etwas macht . . . . . . . . . . . 16
Lebensfreude schenken . . . . . . . . . . . . . . . . 17
Den Blick erweitern . . . . . . . . . . . . . . . . . . 18
Gibst Du Geleit? . . . . . . . . . . . . . . . . . . . . 19
Wohin führen die Wege? . . . . . . . . . . . . . . . 20
Wochenende . . . . . . . . . . . . . . . . . . . . . . 21
Dur . . . . . . . . . . . . . . . . . . . . . . . . . . . . 22
Tempo? . . . . . . . . . . . . . . . . . . . . . . . . . . 23
Was uns aufgegeben ist . . . . . . . . . . . . . . . . 24
Advent . . . . . . . . . . . . . . . . . . . . . . . . . . 25
Du wirst es finden . . . . . . . . . . . . . . . . . . . 26
Lebenskraft . . . . . . . . . . . . . . . . . . . . . . . 27
Verärgert . . . . . . . . . . . . . . . . . . . . . . . . 28
Problem . . . . . . . . . . . . . . . . . . . . . . . . . 29
Selbstbeherrschung . . . . . . . . . . . . . . . . . . 30
Liebe wagen . . . . . . . . . . . . . . . . . . . . . . 31
Liebe und Treu . . . . . . . . . . . . . . . . . . . . . 32
Himmelsmacht . . . . . . . . . . . . . . . . . . . . . 33
Reisetraum . . . . . . . . . . . . . . . . . . . . . . . 34

Sich kümmern . . . . . . . . . . . . . . . . . . . . . . . . 35
Einander verstehen . . . . . . . . . . . . . . . . . . . . . 36
Freundschaftsdienste . . . . . . . . . . . . . . . . . . . 37
Du denkst, Dein Schicksal ist recht schwer . . . 38
Einsamkeit . . . . . . . . . . . . . . . . . . . . . . . . . . . 39
Engel . . . . . . . . . . . . . . . . . . . . . . . . . . . . . . . . 40
Helligkeit im Innern . . . . . . . . . . . . . . . . . . . . 41
Stille . . . . . . . . . . . . . . . . . . . . . . . . . . . . . . . . 42
Geselligkeit . . . . . . . . . . . . . . . . . . . . . . . . . . 43
Ruhe finden . . . . . . . . . . . . . . . . . . . . . . . . . . 44
Seelenkraft . . . . . . . . . . . . . . . . . . . . . . . . . . . 45
Reiselust . . . . . . . . . . . . . . . . . . . . . . . . . . . . . 46
Dem Schwierigen beikommen . . . . . . . . . . . . 47
Gemach . . . . . . . . . . . . . . . . . . . . . . . . . . . . . . 48
Die Sonne in Dir . . . . . . . . . . . . . . . . . . . . . . . 49
Die Sterne leuchten auch daheim . . . . . . . . . . 50
Freu Dich des Lebens! . . . . . . . . . . . . . . . . . . . 51
Glück weitergeben . . . . . . . . . . . . . . . . . . . . . 52
Sym-pathie . . . . . . . . . . . . . . . . . . . . . . . . . . . 53
Misstrauen . . . . . . . . . . . . . . . . . . . . . . . . . . . 54
Ruhetag . . . . . . . . . . . . . . . . . . . . . . . . . . . . . 55
Denkst Du an Gott? . . . . . . . . . . . . . . . . . . . . 56
Welche Zeit uns zugemessen . . . . . . . . . . . . . 57
Wärme schenken . . . . . . . . . . . . . . . . . . . . . . 58
Das Glück verdienen . . . . . . . . . . . . . . . . . . . 59
Disziplin . . . . . . . . . . . . . . . . . . . . . . . . . . . . . 60
Geschenkt . . . . . . . . . . . . . . . . . . . . . . . . . . . . 61
Wolken . . . . . . . . . . . . . . . . . . . . . . . . . . . . . . 62
Wer einem Freund vertrauen kann . . . . . . . . . 63
Die Tür zum Wohlergehen . . . . . . . . . . . . . . . 64
Seelenruh . . . . . . . . . . . . . . . . . . . . . . . . . . . . 65

Spaßgesellschaft? . . . . . . . . . . . . . . . . . . . . . . . . . . 66
Gespräche und Musik . . . . . . . . . . . . . . . . . . . . . . 67
Sich Aufgaben stellen . . . . . . . . . . . . . . . . . . . . . . 68
Es liegt in Deinen Händen . . . . . . . . . . . . . . . . . . 69
Geben . . . . . . . . . . . . . . . . . . . . . . . . . . . . . . . . . . 70
Liebe versetzt Berge . . . . . . . . . . . . . . . . . . . . . . . 71
Zum neuen Jahr . . . . . . . . . . . . . . . . . . . . . . . . . . 72
Demut . . . . . . . . . . . . . . . . . . . . . . . . . . . . . . . . . 73
Mitgefühl . . . . . . . . . . . . . . . . . . . . . . . . . . . . . . 74
Nein sagen . . . . . . . . . . . . . . . . . . . . . . . . . . . . . 75
Lebenselixier . . . . . . . . . . . . . . . . . . . . . . . . . . . . 76
Pflichten . . . . . . . . . . . . . . . . . . . . . . . . . . . . . . . 77
Alltag . . . . . . . . . . . . . . . . . . . . . . . . . . . . . . . . . 78
Neujahrswunsch . . . . . . . . . . . . . . . . . . . . . . . . . . 79
Fürchtet Euch nicht! . . . . . . . . . . . . . . . . . . . . . . . 80
Wunder . . . . . . . . . . . . . . . . . . . . . . . . . . . . . . . . 81
Glück . . . . . . . . . . . . . . . . . . . . . . . . . . . . . . . . . . 82
Freundschaft . . . . . . . . . . . . . . . . . . . . . . . . . . . . 83
Machst Du mit? . . . . . . . . . . . . . . . . . . . . . . . . . . 84

# Du möchtest keinen Menschen sehn ...

Du möchtest keinen Menschen sehn ...
Nun könntest Du Dir zugestehn:

Dafür Gründe wird es geben.
Doch wonach Du könntest streben,
wär: Verständnis mitzugeben.

Denn ein jeder trägt im Leben
Angst vor Missverständnis eben,
was sich aber lässt beheben –

Durch Gespräche, die erklären,
welcher Angst wir uns erwehren.

# Loslassen können

Loslassen können
heißt nicht, sich zu trennen
aus innerer Verbundenheit.

Doch lässt man sich nach einer Zeit
der Gemeinsamkeit
nur noch so weit verbunden sein,
dass ganz allein
der andre fasst für sich den Mut,
erfasst die Welt, ist auf der Hut,
gewöhnt sich in sein Leben.

Drum – sagen wir Dir's eben.

## Ganz sicher habt Ihr es gespürt

Ganz sicher habt Ihr es gespürt:
Verständnis hat mich sehr gerührt.

Wie steckt Vertrauen jeden an!
Sodass ich nun bekennen kann:
Zu Euch verbindet,
und wohl begründet,
mich ein freundschaftliches Band.

Der Leser hat es schon erkannt!

## Erkalten

Erkalten
kann Interesse schon.
Wenn schon spürbar ist im Ton,
wie jemand völlig übersieht,
dass außer ihm – es noch andres gibt.

# Die Stimmung bestimmst Du allein

Die Stimmung bestimmst Du allein –
und zwar wahrhaftig, nicht nur zum Schein.
Im Innern liegt für uns die Welt,
die Dein Befinden auch enthält.
Versuchst Du oft den Blick zu wenden
vom Alltag, den Du hast in Händen,
kann frohgemut Dein Leben sein.

# Abschalten

Kannst Du abschalten?
Wer kann sie aushalten –

All die Bilder und Töne!
Selbst wenn sie schöne
Fakten zeigen ...

Lässt nicht erkalten
das Schicksal der andern,
wenn allzu schnell wandern
Bilder und Ton?
Du weißt es schon!

Doch wie bleibt die Einsicht erhalten?

# Wir leben in Frieden ...

Wir leben in Frieden ...
Wem ist das beschieden,
der heutzutag' lebt?
Wer ist nicht bestrebt,
oft dran zu denken,
wo Mut man darf schenken,
der alles belebt ...

## Vorzeitig kommt der Gruß ins Haus

Vorzeitig kommt der Gruß ins Haus!

Ich hoffe, Du machst Dir nichts daraus,
denn schließlich soll er Dir nur zeigen:

Viel Freude sei Dir stets zu eigen
im neuen Lebensjahr!

Dies wünsch ich Dir, fürwahr.

## Die Sonne scheint nicht immer

Die Sonne scheint nicht immer,
doch strahlt vielleicht ein Schimmer
ihrer Güte
ins Gemüte
von uns allen!

Zu erfreuen,
so sei der Gruß hier zu verstehn ...

Und: Auf ein frohes Wiedersehn!

# Wer aus Begabung etwas macht

Wer aus Begabung etwas macht,
hat vielleicht das gut bedacht,
was ihm nützt in dieser Welt.
Für manchen zählt dazu schon Geld.

Doch nützlich ist, im eignen Sinn,
Beschäftigung: Sie bringt Gewinn.

Sind die Tage ausgefüllt,
Gedanke auf Gedanke quillt.

Macht der Gedanke Dir Verdruss?
Nun, schließlich kommst auch Du zum Schluss:
Das Tätigsein bleibt stets ... ein Muss.

# Lebensfreude schenken

Lebensfreude schenken
bedeutet auch
mitfühlen – und mitdenken.

Das kann wirklich aufbauend sein
– und schließt so allerlei mit ein:
das Blümchen im Topf,
für die Bluse den Knopf.

Hast Du wohl überlegt:
Dann gibt's Geschenke so viel,
was den andern bewegt
im Alltagsgewühl.

## Den Blick erweitern

Ist Dein Lebenswinkel klein,
kann es manchmal durchaus sein,
dass Dir fehlt der Spaß,
dass Du siehst nur das,
was für Dich von Nutzen.

Erweiterst Du jedoch den Blick,
stehst andern bei in ihrem Geschick,
wird's auch Dir bald besser gehn.

Versuch es. Und dann wirst Du's sehn!

## Gibst Du Geleit?

Die Welt sei schlecht ...

Wer hat das Recht,
der scheint gerecht.
Schau Du genau hin
und habe im Sinn
den Beginn,
Dich zu versenken.
Gedanken lenken,
die nur gedenken:

Viel heilt die Zeit – mit Menschlichkeit.

Gibst Du Geleit?

# Wohin führen die Wege?

Die meisten eilen.
Wer kann verweilen
im Alltag schon?

Wo liegt der Ton,
der uns obliegt?
Was letztlich siegt
im Alltagsleben?

Wo führen hingegen
in unserem Leben
in unserem Sinn
die Wege hin?

## Wochenende

Ein Wochenend' steht vor der Tür ...
Was aber rat ich Dir?
Die Anford'rung an Dich ist groß.
Du meisterst alles ganz famos,
denn vielfältig ist Deine Pflicht.
Nimm Dich nicht selber ins Gericht!
Ein jeder von uns trabt im Leben
verschied'ne Wege, nur dann eben
erfüllt mit Freude er den Tag.

Wie macht man das, bleibt jetzt die Frag'.

Stell Deine Pflichten in das Licht,
doch nicht zu viele, sodass gebricht
Dir selten diese Art Humor,
die jeder kennt. – Nimmst Du Dir's vor?

## Dur

Wie schafft man Mut?
Was tut so gut,
dies weißt Du schon:

Verleg den Ton
– auf Dur!
Die Spur
Erleichterung
bringt Dich in Schwung ...

## Tempo?

Hetzen liegt in der Natur.
Verweilen böte jene Kur,
von der ein jeder gerne spricht.

Doch mancher sieht's als seine Pflicht,
er bleibt dem Tempo auf der Spur.
Warum's so ist?

Erklär es nur ...

# Was uns aufgegeben ist

Sterne leuchten überall.
Oftmals sehen wir sie nicht.

Und leider auch, in manchem Fall,
Übergeh'n wir, was als Pflicht
uns vor allem aufgegeben.

Erkennst Du, wonach wir sollten streben?

# Advent

Advent.
Wer das Wort nennt,
der gleich bekennt:

Dies ist die Zeit
für Menschlichkeit.

# Du wirst es finden

Du hast den Charme, der so beflügelt.
Du hast den Geist, der bestimmt zügelt,
was Du bewusst
in Deiner Brust
          erreichen willst.

Was Du erzielst,
sind Dinge unsres Alltags schon.
Begreift jedoch Verstand den Lohn
zum Wohlbefinden
aus vielen Gründen?
          Klingt dies wie Hohn?

Du wirst es finden,
denn Du bist klug
und weißt genug
von dieser Welt
          und was für Dich zählt.

# Lebenskraft

Lebenskraft zu schenken
bewirkst Du durchs Bedenken
der alltäglichen Probleme –
das unangenehme
Sorgen überwindet,
indem es sie ergründet.

## Verärgert

Du hast verärgert einen Freund.
Ob er wohl weiß, wie Du's gemeint,
als Du ihn anfuhrst fast empört?

Was eigentlich wird je gehört,
wenn einer ausspricht ungereimt,
wovon in Ruhe er doch meint,
der andere erklärt sich schon,
warum er's vorbringt in dem Ton,
im dem Gereiztheit drückt sich aus.

Verstehst Du es? Kennst Du Dich aus?

# Problem

Siehst ein Problem Du ganz verkehrt,
ist Dir der Zugang schon verwehrt.

Denn Du blockierst ja den Gedanken,
der weiterführte über Schranken,
die Du aufstellst in Deinem Sinn
und so blockierst – den Neubeginn.

# Selbstbeherrschung

Kummer
immer runterschlucken?
Stets sich ducken,
nie aufmucken?

Selbstbeherrscht sein –
was schließt das ein?

Du wahrst den Schein,
wenn jemand Dich gern rügt,
Du fällst ins Wort nicht ein,
lässt nicht den Spötter wissen,
dass er sich selbst betrügt.
Immer bist Du beflissen.

Ja, wer kann es spüren,
warum manche schüren
dauernd Kritik,
die niemand liebt?

# Liebe wagen

Was Liebe ist, bleibt schwer zu sagen:
Die wenigsten aber wollen sie wagen.
Denn wer schon verspricht
– wie vor Gericht –
als ewige Pflicht,
sich einzufügen,
einander zu genügen?

Ich kannte viele Gute,
die doch bei allem Mute
sich nicht zur Liebe bekannten
und das dann Freiheit nannten.
Wo aber ist der Unterschied,
der so entscheidend für die Lieb'?

Verstehst Du selber Dich zu zähmen,
muss niemand neben Dir sich grämen ...

## Liebe und Treu

Liebe und Treu –
bist Du zu scheu,
Dir zu gestehn:
Dir sei's nie geschehn
in Deinem Leben?

Glaubst Du das eben?

# Himmelsmacht

Uns allen steht der Himmel offen!

Wer ihn nicht kennt, dem bleibet Hoffen,
das uns berührt in unserem Kern.

Wie leicht und auch wie oft und gern
erfahren wir des Himmels Macht.
Hat jeder von uns dies bedacht?

# Reisetraum

Viele hetzen durch die Welt.
Doch wem's zu Hause gut gefällt,
der wundert sich gelegentlich
ob Reisetraum und -spaß.

Denn wer vom Fernweh selbst genas,
der sieht, was manche Reise bringt,
– der Überdruss schon mit erklingt.

## Sich kümmern

Einfühlung beflügelt!
Wer sich stets einigelt,
legt Gedanken quer
und kümmert sich nicht mehr
um Gedankenspiele ...

Was sonst bestimmt gefiele,
will nun der Kopf nicht fassen.

Manche gar unterlassen
dann Mitmenschlichkeit
– für lange Zeit.

# Einander verstehen

Verstehst Du mich,
versteh ich Dich?

Dann sagt es sich
bei manchem Streit:

Wir sind soweit,
dass jeder kann
den eignen Bann
leicht übersehn
und nicht zu ernst nimmt
jenes, was geschehn.

## Freundschaftsdienste

Du kennst den Menschen, der Dir traut.
Du weißt, worauf Vertrauen baut.
Du schenkst ihm Güte, die er braucht,
Du weißt, was ihn erhält und schlaucht.
Du findest Wege, die ihm dienen.
Du weist ihn auf die rechten Schienen,
die seinen Weg erträglich machen.
Du ahnst, was ihm im Leben wichtig.
Du spürst, für ihn vor allem richtig:
– das eigne Ziel,
zu dem er will.

Du zeigst den Weg, den ohne Bangen
Du selber gehst in dem Verlangen:
Du bist erpicht aufs rechte Dienen.

Wer denkt an wen?
Lass uns gestehn:
Beim Wiedersehn
werden wir's sehn!
Gut hat bedacht,
wer mitgedacht
im Freundschaftssinn
als stetigem Beginn.

# Du denkst, Dein Schicksal ist recht schwer

Du denkst, Dein Schicksal ist recht schwer.
Doch schau einmal rings um Dich her:
Wer trägt denn keine eigne Last?

Du meinst, Du hast recht viel verpasst?
Nun, bitte, ändre einmal gleich,
was Du vermagst – in dem Bereich,
der Dich bedrückt.

Nie bleibt's verzwickt,
wenn Du nur anfängst mit dem Sehen,
wodurch wir alle doch bestehen.

Wenn unsre Kräfte erschlaffen,
kann Liebe erschaffen
– durch Stetigkeit –
die Abwehr, die wir brauchen,
(denn Leben kann arg schlauchen)
und neue Festigkeit.

## Einsamkeit

Ach, Einsamkeit ...
Wo, bitte, bleibt
Geborgenheit?

Lebst Du zu zweit,
bewirkt der Alltag zweierlei:
Du hetzt,
Du verletzt
im Einerlei
der Arbeitsstunden,
fest gebunden ...

Was aber treibt
zur Zweisamkeit
in heut'ger Zeit
als Einsamkeit?

Jedoch: Es gibt den ruhigen Pol,
der den Gedanken helfen soll.
Kunst schenkt,
vom Geist gelenkt,
die Welt an sich.

Bemühe Dich ...

# Engel

Engel sind in unsrer Welt,
die uns wahrlich gut gefällt,
mehrfach auf sich selbst gestellt.
Ach, wie viele von uns fragen!
Manche sogar eifrig klagen:
Warum kommt er nicht zu mir?

Lieber Freund, ich rate Dir,
schau den Nächsten freundlich an!
Dann verschwindet auch der Wahn.

Grad', wonach Du selber fragtest,
kommt herbei, wo Du noch zagtest!

Denn Du selber kannst's erzwingen,
musst nur einfach mal beginnen,
Freundlichkeit warm auszustrahlen!

Glaubst Du, ich beginn zu malen,
was doch keine Illusion?

Nein, ich erfuhr es selber schon ...

# Helligkeit im Innern

Helligkeit im Innern
lässt sich gleichsam zimmern,
denn der Gedankenstrom
in wiederholter Form
lässt sich gefügig lenken.
Des wollen wir gedenken ...

Ein Jahr voll Freude mög' gelingen,
denn Frohsinn kann besonders bringen
den Menschen Lebenselixier!
Das wünsch ich Dir!

# Stille

Du hörst Musik.
Im Prinzip
ist mir so lieb
die Stille.

Mein Wille,
Freude zu schenken,
lässt mich oft lenken,
ruhig überdenken,
was ich kann tun.
Dies lässt mich ruhn.

# Geselligkeit

Geselligkeit bedeutet viel.
Wer ein wenig um sich schaut,
betrachtet sie vielleicht als Spiel,
das Lebensmut erneut aufbaut.

Ja, im Gespräch lässt sich erkunden,
Freunde ihre Last empfunden,
die jeder Alltag mit sich bringt
und die uns zur Bewährung zwingt.

# Ruhe finden

Wer hetzt durch die Tage?
Empfindet die Plage,
die uns so bedrückt?
Es scheint heut' verzwickt,
die Ruhe zu finden,
in der man kann gründen –
den Lebenssinn finden.

## Seelenkraft

Wo strebst du hin?
Dir kommt in den Sinn:

Was Du tust und schaffst,
verbraucht der Seele Kraft,
die dann schnell erschlafft,
wenn nur Gewinn
macht aus den Sinn.

# Reiselust

Die Reiselust bedingt so viel!
Bei manchen wirkt sie wie ein Spiel,
das ständig wird in Gang gesetzt.

Bei manchem scheint's, er ist gehetzt,
denn vielfach treibt's ihn um und um.
Man nehme mir es jetzt nicht krumm:

Zu Haus erlebt man oft für sich
ein Universum, ganz an sich.

# Dem Schwierigen beikommen

Erscheint der Alltag manchmal grau,
vergiss das schnell –
Du bist doch schlau.

Setz gleich an die gedachte Stell'
des Dunklen – eine Ansicht Dein,
die Dir gleich sagt: Nur Du allein
vermagst dem Schwier'gen beizukommen.

Hast Du die Botschaft wohl vernommen?

# Gemach

Das Kritisieren fällt oft leicht.
Ob man jedoch damit erreicht,
was eigentlich der Kritik Zweck?
Schaust Du gut hin, kriegst Du 'nen Schreck!

Denn oftmals ist man zu erregt,
weil einen ja etwas bewegt ...
und man fällt fix den Urteilsspruch;
kommt dabei schnell in den Geruch,
man fert'ge einfach alles ab
und frage nicht ... – So sei gemach
in vielem, sage ich mir schon.

Ob dies ändert meinen Ton?

## Die Sonne in Dir

Der Mohn verschwand,
der Herbst verband
die Sommerträume unversehrt.
Wie bleibt die Helligkeit begehrt!

Doch welkt das Tageslicht.
Du aber zweifle nicht.

Lass Sonne in Dir scheinen.
Dann können sich vereinen
Lebenskraft und Mut
als das Wesensgut.

## Die Sterne leuchten auch daheim

Warum in die Ferne?
Leuchten nicht die Sterne
auch daheim?

Muss es sein,
außerhalb zu finden,
was uns dann soll entbinden
von der eigentlichen Sehnsucht –
durch die große Flucht?

# Freu Dich des Lebens!

Es wird früher hell,
und ganz schnell
steigt unser Lebensmut.
Der ist unser Gut,
hilft uns im Tageslauf.
Achtest Du darauf?

Die Wiesen sind grün,
die Blumen blühn,
dies wird Dich freun ...
und wahrlich, wir scheun
uns alle nicht,
Dir klar zu sagen ins Gesicht:
Freu Dich des Lebens!

Vielleicht vergebens
ist dieser Wunsch für Dich?

Doch gut an sich.

## Glück weitergeben

Wer ist geliebt?
Der Glück weitergibt
im Handumdrehn.

Der hat gesehn,
was Glück erreicht –
wenn es entweicht.

Ist's gut oder nichtig?
Ist Streben so wichtig
zum EIGENEN Glück?
Sieh selbst zurück ...

## Sym-pathie

Mitleiden?

Bescheiden kam jetzt,
– und wirkte gehetzt –
der Gruß für den andern ...
Dass jeder begreift,
man war abgeschweift
vom Leiden des andern ...

Der Gruß soll zu ihm wandern
ganz ausgereift,
damit er's begreift:

Man hat an ihn gedacht
und Sympathie überbracht.

# Misstrauen

Wer etwas gegen Freundschaft sagt,
der ist von Misstrauen geplagt.

Er zerstört
unerhört
das Gefühl der Nachsicht schon,
denn es liegt in seinem Ton,
in jeder Äußerung die Frage:

Was soll es denn, dieses Gehabe
von Verständnis, Freundschaftssinn?
Es zielt doch nur auf den Gewinn
eigner großer Lebensziele
und gerät in eine Mühle,
die zerbricht das Einvernehmen.
Misstrau'n kann sich nichts vornehmen,
was an Zartgefühl ranreichtt,
das es stattdessen gleich aufweicht.

# Ruhetag

Ruhetag.
Er vermag
Dir zu ersetzen jene Kräfte,
die verbraucht durch Tag'sgeschäfte.

Die bringen so viel Müh' und Plage,
dass sich jeder stellt die Frage
Halte ich durch? – Für mich
bedeutet Sinn das Ziel an sich.

## Denkst Du an Gott?

Denkst Du an Gott?
Klingt Dir die Frage schon wie Spott?

Denn Du magst denken,
Du allein würdest lenken
Deine Gedanken und Dein Geschick.
Aber ich glaube, hier irrt Dein Blick.

Dies klingt recht schroff.
Doch soll es Kraft Dir schenken
und vielleicht helfen: Gott neu zu bedenken.

# Welche Zeit uns zugemessen

Du weißt nicht, wie lang Du lebst.
Ist's dies, wovor Du bebst?
Wie viel Zeit uns auch zugemessen ...
Wir dürfen dabei nicht vergessen:

Geschenkte Zeit
mache uns bereit,
danach zu streben
in unserm Leben
gut zu bestehn.
Kannst Du's so sehn?

Erkenne an den Tod als Freund ...
Gib's zu, auch wenn Du hast geweint:
Endgültigkeit ist ein Geschehen.
Das muss ein jeder eingestehen.

Doch schafft der Tod ein solch Gespür,
öffnet unverhofft die Tür
zum Weiterleben – insgeheim
Gedanken zu dem wahren Heim.

## Wärme schenken

Wärme schenken
und bedenken,
wie der andre sich erquickt.

Ob es sich dabei wohl schickt,
ihm die Zeichen dafür bringen,
dass für uns vor allen Dingen
Freundschaft unsrerseits gehört?

Wen hat denn nicht schon gestört,
mitleidslos gesehn zu werden?

Güte löst so viel auf Erden!

# Das Glück verdienen

Das Glück verdienen
ist mir erschienen
als Möglichkeit.

Sei stets bereit, es vorzuleben,
dass andre streben
in Deinem Sinn.

Ist das Gewinn?

# Disziplin

Disziplin
im Sinn
bringt uns dahin,
wo gerecht
im Gefecht
der Gedanken:

Disziplin
lenkt den Sinn
zu Beginn,
dass man denkt
für den Tag,
wo gerecht man das ertrag,
was uns schafft die Übersicht,
an der's im Alltag schon gebricht,
wenn die Disziplin zerbricht.

## Geschenkt

Das Frühjahr bringt,
– wem es gelingt –
viel Mut zur Tat.

Verloren hat
von jeher,
jedoch schon der,
der einfach denkt,
was ihm geschenkt
an Freud' und Kraft,

sei selbst geschafft ...

# Wolken

Wolken gibt es überall –
doch versuch in jedem Fall,
Dir eindringlich vorzustellen,
dass nichts Dich kann für lang verprellen

– findest Du
immerzu
die Gedanken für die andern.
Glaub mir, dann wird alles wandern,
was an Trübsal übrig blieb.
Sie fällt einfach durch das Sieb
einer frohen Tätigkeit,

die mehr ist als Zeitvertreib.

## Wer einem Freund vertrauen kann

Wer einem Freund vertrauen kann,
schlägt alle Sorgen stets in Bann.

Denn Freundes Fürsorg', sonnenklar,
schafft einen Halt ganz wunderbar.

So nimm des Freundes Rat stets an,
weshalb den Reim ich so begann ...

## Die Tür zum Wohlergehen

Fragst Du, wozu?
Fragst Du, wofür?
Schenkt Dir das Fragen
wirklich Ruh?

Was öffnet Dir
von selbst die Tür
zum wahren Wohlergehn?

DU kannst es sehn.
Wer's kann verstehn,
ist – ausersehn!

## Seelenruh

Wer permanent sich fragt „Wozu?“
Verhilft ihm das zur Seelenruh?

Erkennt er vielleicht selber an,
wie rasch man schlägt die Angst in Bann,
richtet man stets den Blick nach – „Oben“.

Wo wär’ man besser aufgehoben?

## Spaßgesellschaft?

Die Freiheit sei das höchste Gut,
sagt mancher.
Und: Spaß
durch dies und das.

Bringst Du Dich jedoch ein für Sachen,
die weitertragen, Ehre machen,
für andre, die im Elend liegen,
kannst Du den schalen Spaß besiegen.

Und neue wicht'ge Themen kriegen.

# Gespräche und Musik

Gespräche ... und Musik
gestalten das Prinzip
der Seelen–Stärkung
selbst bei „Verwerfung“
der eignen Stimmung.

Welch wunderbare Wirkung
ermöglicht jenen Schwung,
selbst Irritationen,
die eigentlich nicht lohnen,
kann sie ent–zwängen
und vollkommen
verdrängen!

# Sich Aufgaben stellen

Sich Aufgaben stellen
fördert die Quellen
der Lebenskunst.

Aus Alltagsdunst
erhebt der Geist
zu allermeist
die Sicht
der Pflicht,
die weiterweist.

Zu wessen Gunst?

## Es liegt in Deinen Händen

Der Blick aus dem Zimmer
find't nicht mehr den Schimmer
der Sonnenstrahlen.

Dafür können malen
die Kerzen den Raum ...
Das ist wie ein Traum.

Doch Du kannst es wenden.
Bei Dir liegt's in Händen –
berührt Dich dann kaum.

## Geben

Menschen können schnell gesunden,
wenn sie jenen Grund gefunden,
der uns allen
zum Wohlgefallen
spendet Schutz in unserm Leben.

Dies kann jeder jedem geben.

## Liebe versetzt Berge ...

Liebe versetzt Berge ...
Wir bleiben Zwerge
bei diesem Gedanken,
errichten wir Schranken,
wenn wir empfinden
bei jenen Gründen:

Was könnte ich tun?
Was ließe mich ruhn?

Vielmehr zu denken,
womit wir lenken
Zusammensein,
ganz ohne Pein.

# Zum neuen Jahr

Was wünscht man gern zum neuen Jahr?
So vieles werde für Euch wahr,
was Freude bringt!

Denn der Freud' entspringt
zuerst Dir der Mut
als Lebensgut,
dann Festigkeit entsteht durch ihn.

So kommt's mir selber in den Sinn.

## Demut

Was geschieht,
ist dir nicht lieb?
Es Dich trifft
und verblüfft?

Nicht zu fragen,
auch nicht klagen,
Demut zeigen,
sich selbst beugen.

Was auch geschieht.

# Mitgefühl

Das Leben, das bleibt hart
für den, der eisern spart
sein Mitgefühl.

Verantwortung zu tragen
lässt uns're Liebe wagen,
selbst im Spiel
unsrer Alltäglichkeiten,
die Wege lässt beschreiten
mit unserm Will!

# Nein sagen

Nein-sagen-Können
bedingt ein Sich-Gönnen
der Freiheit,
insoweit:

Du kannst selber wählen,
es braucht kein Quälen
zu echtem Entschluss.

Ausbleibt Verdruss
durch Angestrengtheiten,
die Unmut herleiten.

## Lebenselixier

Freude ist ein Element,
das man mit vollem Recht benennt
als ein Lebenselixier.

Freude öffnet jene Tür,
die ermöglicht manches Tun,

und mit ihr gelingt das Ruhn,
das bedingt ein – Weiter-Tun.

# Pflichten

Aufgaben begaben
bei richtigem Streben
jedermanns Leben.

Wo bleiben die Grenzen
bei ständigem Schwänzen
der Pflichten?

Mitnichten
verdichten
sich dann jene Schichten
für Alltagserkenntnis.

– Das bleibt mein Bekenntnis.

## Alltag

Vorm Alltag Dir graut?
Doch sieh auch: er baut
manch Möglichkeit,

bist Du bereit,
zu sehn den Plan
auf Deiner Bahn.

## Neujahrswunsch

Wünsche für ein neues Jahr
sind gelungen immerdar,
spricht man sie zugleich so aus,
dass man hört sofort heraus:

Zufriedenheit an erster Stelle
sei zum Neubeginn die Quelle.

# Fürchtet Euch nicht!

Die Sterne leuchten für uns alle,
sie zeigen uns in jedem Falle
Zuversicht –
nicht ein Gericht,
vor dem wir uns zu fürchten haben.

Ja, Zuversicht kann uns beglücken,
die, eine wohl der schönsten Gaben,
dem Kummer möchte uns entrücken.

Wie wir auch lenken,
lasst fröhlich uns denken,
mit Zuversicht!

Vergisst Du's nicht?

## Wunder

Wer spürt nicht gern
auf unserm Stern
Geborgenheit
zu jeder Zeit?

Ist man bereit
zu Offenheit,
geschieht ein Wunder für uns all:
Man fühlt sich wohl
in jedem Fall!

## Glück

Glück auf allen Wegen
kommt, wenn man verwegen
drum ringt,
es bezwingt.

So bitt' um Glück fürs neue Jahr,
dass Sorgen bleiben möglichst rar.

# Freundschaft

Wer bewusst in dieser Zeit
stets zu Freundschaft ist bereit,
weiß bestimmt:
Nichts zerrinnt
ohne gleiche Freundlichkeit.

## Machst Du mit?

Vorsicht
scheint Pflicht.

Doch wer wagt den Schritt'
aus unsrer Mitt'
zu neuem Weg?

Bist Du schon fit,
machst Du nun mit
auf neuem Steg?

Oder schaust Du weg,
bleibst im Versteck?